むゐ

Suzuki Shizuka

鈴木しずか句集

ふらんす堂

双蝶を連れてくるなり無為の人　郷子

むゐ＊目次

句集

むゐ

春

うべなへる一汁一菜春立てり

庚申の水を汲みたり春の人

下枝より金縷梅ゆるびきたりけり

指疼く日や金縷梅のちぢれ咲き

まんさくや東京の子にあはずゐる

存分に音してゐたる春の川

一日一万歩一木一草の春

うぐひすや江戸家猫八かと思ふ

うぐひすの初音かすかやそぼろ雨

ノンポリの学生時代多喜二の忌

戦時下《ウクライナ》の街やミモザを買ひし人

百年の雛小顔でありにけり

古き家や袢雛のおはします

古雛ガレのランプと並びたる

飲みさしの茶碗ひとつや雛の客

雛の家の三和土にブーツ脱ぎてあり

いつの間に無口となりて雛仕舞ふ
この歳になりて虎杖噛んでみる

病室の窓さみどりに木の芽晴
春光や点滴しづく透り来て

にはとこの花真盛りに垣根越ゆ

杉の花けふ耳鳴りの大きかり

呟きを水にこぼせば木の芽雨

灰汁もなきはうれん草を茹でてゐる

三椏やひつつめ髪の母のこと

しばらくは破れたるまま春障子

うそ言へば鼻のふくらむ花粉症

うべなひて無為にゐること椿落つ

川の面に耳つきだしてかはづ聴く
この店の豆大福よ彼岸入

名栗路や一揆のごとく花咲いて

濡るるまま見上ぐるままや花の雨

こんな日はただ歩みたき桜まじ

居間からの八《はち》国《こく》山《やま》や花の昼

咲ききりてよりの静寂や富士桜

一行の揃ひて九人花万朶

みちのくや色濃きままに花筏

春雷がシアトルの友つれて来し

春雷のあと小刀のやうな月

里人になりて甘茶の列にゐる

郁子の花零るる昼のツナごはん
ひとことにうれしくなりぬ郁子の花

がんもどき買ひて戻りぬ春の路地

絵らふそくともしてみても春の宵

珈琲ブレイク蒲公英の絮どこへ

春の雪遊びはじめて止みにけり

耳鳴りのふつつりやみてつばめ来る

やうやくに草の色なる青き踏む

水槽もめだかも増えて春深む

おばんざい大皿にあり夏近し

夏

五月来るそれだけで川ひかりたる

風の来て森囁ける五月かな

きつつきの穴三十個五月の家

家家に声のしてをり新樹光

きびたきや圓正禪寺しづもりて
若葉して鵐尾およぎ出す上田城

桐の花山よりたかくけぶりたる
湖の面に山を倒して緑濃し

ひめぢよをん日坂宿《にっさかじゅく》に吹かれゐる
禅僧の裾のみだるる薄暑かな

永平寺

万緑に七堂伽藍ゆるぎなし

万緑のなかへ帽子を忘れさう

いちはやく森めざめたりえごの花

釉薬のあをきにえごの花映る

染みひとつみつけて母のセル解く

紫　蘭　繚　乱　新　道　工　事　休　止

初蟬のたしかな森にきてゐたる

津軽三味線たたく腕や夏きざす

玄関にくわっとアマリリスの鉢

竹落葉どの家も祀る屋敷神

やまもの零れやすきにいよよ雨
密にして楊梅雨にさわぎたる

十薬をつるして朝よりの晴天

鈍色の空へ泰山木叫ぶ

出口なき夢かけめぐるはたた神

ストロベリームーン見てゐる洗ひ髪

きざはしに落し文ありまだ青し

なんてことない毎日や滝仰ぐ

むらさきの風となりたりうつぼぐさ

銀色の径の終点なめくぢら

古甕に一途なりけりなめくぢり

夏川にさるなしの実や流れけり

百日紅隣家の庭にこぼれけり
さるすべり土に零るるけふの夢

端居するなんてこといつあつただらう
僂くて御寺の白きさるすべり

河骨の一花ひらける雨予報

日雷越後信濃をひとまたぎ

鉄線の花したたかに太き雨

橡の花こぼるる社ちひさかり

めまとひをつれて休んでゐたりけり

往還をわたりきれずの蚯蚓かな

皀角子の青葉時雨に触れてゆく
曇天のただなかに散る花茨

ためらはずあふちの花に逢ひに行く

とほき日のひるがほの庭たれもゐず

晴天やこごめうつぎにおぼれさう

蓴菜の小鉢や風の色透かす

昼食のおしやべり軽し更衣

水無月の厄神さまに手をあはす

水無月や大島紬着てもみて

長梅雨を森深深とむかへたる

扁額にびつしりの句や梅雨湿り

細かくて細かくてあり簀戸の雨

だんご虫もんどりうちて梅雨晴間

繡線菊やきのふと同じ蝶のきて

おぼつかぬ空や胡桃の花垂るる

青梅雨や境界石に名栗村

二人して雨の茅の輪をくぐりたる

山畑の狭きに韮の花真白

葛切の黒蜜とろり一日過ぐ

夏逝くや十人の影坂の下

秋

逢ひたしと梶の葉の文もらひたや

新しきノート開けば涼新た

西瓜嫌ひいまも西瓜の青くさし

奥座敷精霊棚の見事なる

過去帳も曼陀羅もあり里の盆

ここだくに精霊蜻蛉とんでをり

一病をもちてやうやく処暑となる

母さんは大正のひと葉鶏頭

遠き日のひぐらしのまた遠くあり

旧道を迂回するバス秋出水

思ひ草あはむらさきのおもひとも

つきたくてひつつきたくてゐのこづち

曼珠沙華ほどきて風のわたりくる

底紅や鏡台のある奥座敷

里まつり獅子舞の息あがりたる
たつぷりの雨をいただく在祭

ままごとの日日へ釣舟草はじけ

胸うちの風となりけり釣舟草

海風や泡立草の穂がさわぐ

板塀に昭和の穴や秋日和

とんばうの空の奥にもとんぼとぶ

快復の今朝に炊きたる零余子飯

里みちの零余子日和を汗ばみて

山翡翠に先生のこゑ秋の川

きつとこれ桜蓼よと手折りけり

露けさや八《はち》国《こく》の森覚めやらむ

この秋思紫煙くゆらすすべもなく

蹲に遊ぶ山鳩松手入れ

煙突にけむりのぼりて小鳥来る

寸寸に散りてひろごる雲の秋

顔洗ふ雪駄の人や秋の川

野葡萄の棚の下にて煙草吸ふ

椋鳥も人もさびしきコンコース

卓上に千草の風のつぶやけり

尾花咲くひきかへす道なかりしに
秋天の果ては知らざる男坂

霜降といへど画眉鳥にぎはしく
どんぐりや餓鬼大将はどうしてる

栗御飯炊けども夫と二人きり

雨中にだして障子を洗ひけり

玄関に大かまきりの十日ゐる

喉かゆし草の絮とぶ頃となる

厚朴の実の轍に落ちて一雨過ぐ

実南天たれかゐさうで留守の家

さぼりぐせつきて二階の秋簾

製図引く夫の背や秋うらら

秋灯に帆船模型影ながし

秋灯や図書館に先生とあふ

俯きて断腸花とは哀しかり
雨の色くはへて深し柿紅葉

老爺柿白谷《しらや》の沢のきりぎしに
熟柿ひとつ井戸神様のうへに落つ

見すごしてけふ公園の黄落期

この奥は病院ふたつ黄葉す

身に入むやどの坂ゆくも杣の山

ヴィオロンのなけれど夕べ身に沁むる

かはいさうだわね継子の尻ぬぐひ
はきだしてしまひたきこと郁子割りぬ

海も空も一色となる冬隣

冬

里人のけはひなけれど冬構

鉤の手の廊下の奥の冬はじめ

住む人のゐるらし目貼あたらしく
石蕗咲ける庭のむかうに咳ひとつ

忘らるる茶の花しろく白く咲き

波郷忌の山雀亭のあかりかな

朴落葉踏んでみづうみ眠りたる

鶏頭のいよよ重たく枯れにけり

ビードロの影やはらかき冬紅葉

短日のホームの隅に投句箱

ストーブのぬくき姨捨駅舎かな

いつかまた来ると言ひおき冬ざるる

椅子ひとつ大雪といふ日のテラス
ちらほらと人もさびしき冬桜

侘助のこんなに白きまま落つる

日当りのよき侘助の饒舌よ

どの坂をゆくもきつぱり冬青空

悴みて仙人掌のしわ数へたる

極月の山に入れば山の音

目つむれば木霊かすかに十二月

歳晩のいつもの山に来てゐたる

共に老い共に頑固や年暮るる

餅搗の空の青きにはづみたる

餅搗やみんな昭和の顔でゐる

一株の冬たんぽぽにうちとける

無住寺の坂飴色の落葉踏む

椋鳥の声うらがへる冬夕焼

一畝のつましくありぬ冬菜畑

見おろせばダム湖冬日の中にあり

山も田も峡もかはらず寒に入る

寒日和すこし黙して坂のぼる

かはるがはる水甕に鳥寒の内

冬雲を天蓋にして観世音

天空にくわんおん立てり冬うらら

一行の声をたよりに冬霧を

めづらしき人の乗り来る雪のバス

旧道の尽くる所や雪催

雪掻きを下校の子等にほめらるる

枯木道影のたしかについてくる

冬木道くだりて雲のとどまりぬ

冬ぬくしロールケーキにはまりたる
着ぶくれてびんづる様の手をさする

バーコードをかざす葱一直線

凍星やたまに思索の人となる

凍星やけふひとつ消えゆきしもの

葉牡丹をのせて大八車かな

雪晴のうそかも知れぬ蒼さかな

ふいと摘みふふみて甘し冬苺

冬苺ふふめば風のこだませる

大寒の水面微塵も動かざる

大寒の山始動への力こぶ

水仙ひらきて潔くあやまる

水仙の首やはらかく折れにけり

悴みて石の間に咲く花のあり

湖をみおろす冬すみれの一株
こたへ出ぬまま冬萌の中にゐる

冬うらら膝がしらまたかろきこと

臘梅や息切れの坂のぼり来て

日脚のぶ市松《いちまつ》人形の髪結ひ上げて

探梅の坂目礼でゆきすぎる

ここよりは水天宮や梅早し

扉あく木工房の四温かな

新年

今年また主婦でありけり初暦

床の間の一喝の獅子頭かな

手荒れして糸とほらざる縫始

書初の富士の跳ねたる五年生

宿題のなはとびしてる三日かな

夕映えの踏み石に来て初雀

にんぎやうのきりとたてる春襲

無為にゐて熱き珈琲女正月

あとがき

六十七歳も過ぎて、ひょんなことから名栗で石田郷子先生、そして俳句に出会いました。「椋」に入会した時から終活には「一冊の句集を」というのが私の夢でした。いまここに念願の句集を手にして大変うれしく思います。

郷子先生には選句と身に余る序句を賜りました。日頃のご指導とともに心より深く感謝申し上げます。

また雨にも風にも楽しく名栗吟行を共にしてくださった句友の皆様、ありがとうございました。

ふらんす堂スタッフの皆様にも大変お世話になりました。たくさんの方々に深く御礼申し上げます。

令和五年傘寿の春に

鈴木しずか

著者略歴

鈴木しずか（本名・鈴木静江）

昭和18年３月生まれ
平成25年12月　「椋」入会

現　在　　「椋」会員

現住所　〒359-1132　埼玉県所沢市松が丘 1-25-1

句集　むゐ　むい　椋叢書38

二〇二三年六月二日　初版発行

著　者――鈴木しずか
発行人――山岡喜美子
発行所――ふらんす堂
〒182-0002　東京都調布市仙川町一―一五―三八―二F
電　話――〇三（三三二六）九〇六一　FAX〇三（三三二六）六九一九
ホームページ　http://furansudo.com/　E-mail　info@furansudo.com
振　替――〇〇一七〇―一―一八四一七三
装　幀――君嶋真理子
印刷所――日本ハイコム㈱
製本所――㈱松岳社
定　価――本体二六〇〇円＋税
ISBN978-4-7814-1559-8C0092　¥2600E